D0672668

Vive
les mariés!

© Éditions Nathan (Paris, France), 2010
Loi n° 49956 du 16 juillet 1949 sur les publications destinées à la jeunesse
ISBN 978-2-09-202286-3
N° éditeur : 10162482 - Dépôt légal : janvier 2010
Imprimé en France - L52245B

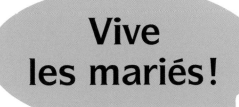

Vive les mariés!

TEXTE DE MYMI DOINET

ILLUSTRÉ PAR PEGGY NILLE

Dans son atelier,

Rita coud des robes de mariée

de toutes les couleurs.

Tarama, son chat, miaule en jonglant
avec les bobines de fil :

Et toi, Rita,
as-tu un chéri ?

Tarama agace Rita avec ses questions. Sa maîtresse rêve d'avoir un amoureux, mais elle a trop de travail pour en chercher un! Rita rouspète en brodant un long voile à paillettes:

Mêle-toi
de tes moustaches !

Soudain, une cliente arrive.

C'est Cindy, la coiffeuse.

Dans sept jours, Cindy se marie

avec Colas Colis, le facteur.

La tête pleine de bigoudis,

Cindy dit :

Rita coud du matin au soir.
Le samedi, la robe est finie !
Rita a collé dessus des timbres
de tous les pays.

Cindy s'admire devant le miroir :

Comme
je suis belle !

Le lendemain, c'est dimanche,
mais pas le temps de dormir !
Dans six jours, Julie,
la marchande de jouets,
se marie avec Tom Tarte,
le boulanger.

Devant la porte de sa boutique,
Julie crie à Rita :

Je rêve d'une robe
de princesse !

13

Rita travaille jour et nuit.

Le samedi, la robe est prête !

Julie est ravie.

Merci
pour
cette robe
en chocolat!

Rita est fatiguée,
mais pas de vacances pour elle!
Cette fois-ci, c'est Vanessa,
la vétérinaire, qui va se marier
avec Bob Bouquet, le fleuriste.
Elle supplie Rita :

Je veux
une robe
à la mode!

17

Pendant ce temps-là,

Tarama boude devant sa gamelle vide.

Rita a oublié de lui donner

ses croquettes!

Elle est bien trop occupée

à coudre des roses et des violettes.

Ce soir, toute seule face à ses dentelles,
Rita a envie de pleurer.

Zut,
c'est jamais moi
la mariée !

Tout à coup, Sacha Touille,
le clown, déboule en marchant
sur les mains.

Saperlipopette,
il me faut
une salopette !

Rita coud un drôle de pantalon
à bretelles.
Et, fatiguée... chut! elle s'endort.

Quand Sacha est de retour,
il chuchote à Rita en lui
chatouillant la joue avec
son nez rouge :

Tu es ma belle
au bois ronflant !

Le samedi suivant, quel jour de fête!
Après avoir collé des dizaines
de confettis sur sa robe,
Rita danse:

J'aime ma robe
à la folie !

Sur la place de la mairie,
les bonbons volent à la place
des grains de riz !
Rita rigole :

mairie

Dans le cortège, qui tient la traîne ?
C'est Tarama !
Le matou ne boude plus,
il ronronne :

Voici Sacha
et Rita Touille,
vive les mariés !

Le texte à lire dans les bulles est conçu
pour l'apprenti lecteur.
Il respecte les apprentissages du programme de CP :
le niveau TRÈS FACILE correspond
aux acquis de septembre à décembre,
et le niveau FACILE à ceux de janvier à juin.

Cette histoire a été testée à deux voix
par Francine Euli, institutrice, et des enfants de CP.

Découvre d'autres histoires dans la collection
nathan poche premières lectures

LECTURE TRÈS FACILE

A... ami ?
de Didier Lévy, illustré par Céline Guyot

Lola prend son goûter dans la cuisine lorsqu'elle reçoit une **surprenante** visite. Un **perroquet** se pose sur sa fenêtre. Comment apprivoiser le petit oiseau apeuré ? Il aime peut-être le **chocolat** !

Qui es-tu ?
de René Gouichoux, illustré par Emmanuel Kerner

Quel animal effrayant se cache dans cette cage ? Léo le mulot va bientôt le découvrir. Il y trouvera peut-être une nouvelle **amie**. Mais, quand on est **étranger**, tout le monde ne nous **accepte pas** aussi facilement...

Je vole comme une patate !
de Didier Lévy, illustré par Anouck Ricard

Loulou le lutin a trouvé une petite **étoile filante** dans son jardin. Elle est tombée et s'est blessée. Malgré les soins de Loulou, l'étoile filante pâlit de plus en plus. Le lutin est **inquiet**, il a peur que son amie s'**éteigne**...

LECTURE FACILE

La tour Eiffel a des ailes !
de Mymi Doinet, illustré par Aurélien Débat

Aujourd'hui, la tour Eiffel a des fourmis non pas dans les jambes mais dans les **piliers** : la **dame de fer** a envie de bouger ! Et si elle prenait des petites vacances, loin de **Paris** ? Voici une **touriste** peu ordinaire !

contes

Le Soleil a rencontré la Lune
de Sarah K., illustré par Christian Aubrun

Le **Soleil** est amoureux d'une bien jolie boule : la **Lune**. Pour la rencontrer, le Soleil doit l'approcher. Mais s'il l'approche, elle risque de fondre ! Alors, comment va-t-il faire pour lui déclarer son **amour** ?

Série *Garou-Garou*
de Ann Rocard, illustrée par Christophe Merlin

PRIX FNAC
des Premières
Lectures
2008

Le loup qui n'avait jamais vu la mer

Pour la **première fois**, Noémie emmène Garou-Garou à la mer. Le loup n'est **pas rassuré**. Il trouve que la **mer** est mouillée ! C'est une vraie poule mouillée ! Et pourtant, il ne sait pas encore ce qui l'attend…

Le pyjama de Tibi
de Zidrou, illustré par Frédéric Rébéna

Tibi vit en **Afrique** avec sa mère et ses frères et sœurs. Ce jour-là, il reçoit un cadeau très particulier de son père, qui travaille en France : un **pyjama** avec un **hélicoptère** dessiné dessus. Tibi s'endort tout heureux. Mais bientôt, un étrange bruit le réveille : *toukoutoukoutoukou…*

Un amour sur mesure
de Roland Fuentès, illustré par Marjorie Pourchet

Dans le pays de Micromagne, deux habitants sont si malheureux que même le soleil a honte de briller. Garganton, le **géant minuscule** et Mimolette, la **naine immense** sont **rejetés** par leurs pairs, à cause de leur différence de taille. Jusqu'au jour où…